LÉONCE CELCIS

MÉDITATION POÉTIQUE

Oui, l'âme est immortelle.
PLATON.

L'ENFANCE

BORDEAUX
IMPRIMERIE D'AUGUSTE LAVERTUJON, 7, RUE DES TREILLES
1865

LÉONCE CELCIS

MÉDITATION POÉTIQUE

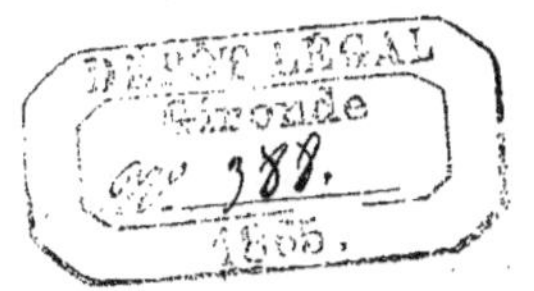

Oui, l'âme est immortelle.
PLATON.

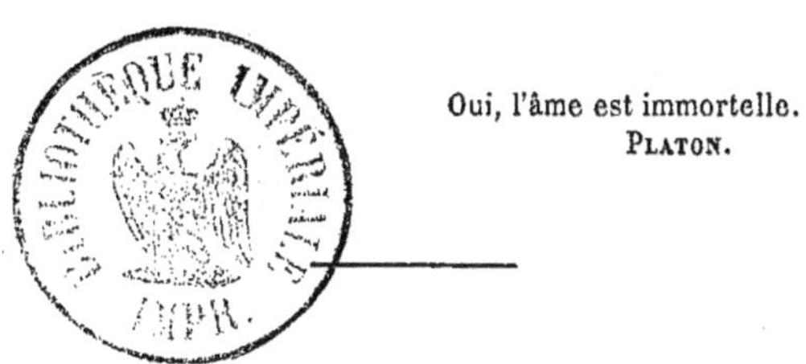

L'ENFANCE

BORDEAUX
IMPRIMERIE D'AUGUSTE LAVERTUJON, 7, RUE DES TREILLES
1865

MÉDITATION POÉTIQUE

Oui, l'âme est immortelle.

PLATON.

I

Pourquoi les remuer dans leurs couches de pierre,
Si, pour l'éternité, leur destin est rempli?...
Ces morts, que leur faut-il? au lieu d'une prière,
Pour l'éternel repos, un éternel oubli.

Si la Mort, cette faux qui passe et qui repasse,
Sans cesse décimant la pauvre humanité,
L'emporte sans retour, n'en laissant d'autre trace
Que ce débris humain par la tombe abrité;

Si tout s'éteint en nous dans un cri d'agonie,
Si notre dernier mot est là, dans un cercueil,
Du souvenir des morts pourquoi troubler la vie?
De ce qui n'est plus rien, pourquoi prendre le deuil?

S'il faut que par la mort l'homme se renouvelle,
Et s'il faut moissonner pour avoir d'autres blés,
Lorsque l'on a les fruits d'une saison plus belle,
Pourquoi pleurer les fleurs des printemps envolés?...

Mais non, malgré la mort, ici-bas, on espère;
A celui qui se meurt, nous disons : « Au revoir! »
Nous cachons sous des fleurs sa demeure dernière,
Et la croix qui l'ombrage est un signe d'espoir!

Arrêtez donc l'élan de la nature humaine,
Qui veut s'agenouiller au devant des tombeaux!
Dites-lui d'expliquer le penchant qui l'entraîne
A chercher au delà des horizons nouveaux!

Le fils aime à prier pour l'âme de son père,
Le père évoque aussi l'âme de son enfant;
L'époux pleure longtemps celle qui lui fut chère,
La veuve au champ des morts retourne bien souvent...

Et vous, lorsqu'en vos rangs plus d'un frère succombe
Autour de son cercueil vous aimez à pleurer;
De mots consolateurs vous parez une tombe;
Quand tout est consommé, vous dites d'espérer.

Espérer!!! N'est-ce pas une ironie amère?
Un mot bien décevant écrit sur le tombeau?...

Espérer!!! Ici-bas, serait-ce une chimère?
Et notre dernier jour, serait-il le plus beau?...

Rayon tombé du ciel, ô sublime Espérance,
Berce l'homme au moment du terrestre réveil!
Conduis-le par la main à travers l'existence!
Pose ton doigt sacré sur son dernier sommeil!

Quand, du sein palpitant de sa mère meurtrie,
L'homme, venant au jour, jette un cri de douleur
Qui fait pleurer de joie une femme attendrie,
C'est de notre avenir l'espoir consolateur.

Bientôt l'enfant, grandi, va courir dans la plaine;
Il secoue au zéphyr sa chevelure d'or;
Son œil, reflet d'azur, sa figure sereine,
De promesses d'amour sont pour nous un trésor.

Plus tard, homme à son tour, son génie étincelle;
Pensant au lendemain, il se donne au travail;
Pour atteindre le port, il guide sa nacelle,
Et, d'un robuste bras, maintient le gouvernail.

Enfin, las du combat, vieillard blanchi par l'âge,
Comptant comme à son front des rides en son cœur,
Seul débris qu'il dérobe à ce triste naufrage,
La jeunesse de l'âme est un charme vainqueur.

Et puis, la Mort, un jour, le touche de son aile;
Sur son lit de douleur il retombe glacé,
Et la terre reprend sa dépouille mortelle...
Mais son cadavre seul dans la bière est placé !...

Comme le papillon s'enivrant de lumière,
Comme lui déployant ses ailes au soleil,
L'Ame, fille du Ciel, est captive sur terre...
Le moment de la mort est pour l'Ame un réveil !

II

La vie est un banquet où des lèvres avides
Devant elles souvent n'ont que des coupes vides,
Quand d'autres conviés savourent à plaisir
Ce qui naît devant eux, s'ils en ont le désir ;
Son bandeau sur les yeux, pour guide sa folie,
Le Hasard, en passant, nous prend ou nous oublie ;
Son caprice cruel, qu'on nomme le Destin,
Ouvre ou ferme à son gré les portes du festin.
Et pourtant nous croyons, aveugles que nous sommes,
Que l'astre du bonheur brille pour tous les hommes ;
De vains rêves dorés nos vingt ans sont remplis,
Et les malheurs d'hier nous trouvent pleins d'oublis !...

O voiles déchirés, illusions perdues,
Mers où vont s'abîmer nos âmes éperdues !
Le ciel n'aurait pas mis, prévoyant tant de deuils,
Des phares protecteurs au dessus des écueils !
Mais, aveugles conduits par l'aveugle Fortune,
L'erreur de tous les temps, à tous, sera commune,
Et toujours le printemps, du zéphyr caressé,
Oubliera les hivers et leur souffle glacé !

Dans ces déceptions, dans ces tristes abîmes,
Qui n'en a vu tomber de ces pauvres victimes?...
En avez-vous connu qui, vous tendant la main
Pour marcher avec vous dans le même chemin,
Ont senti sous leurs pas se dérober la terre,
Et sur leur front croyant tomber la lourde pierre?...
Combien de riches cœurs nos cœurs avaient compris,
Que la Mort, sans pitié, pour toujours a repris!

Et non pas cette mort, qui semble moins amère,
Qui remet chaque jour ses enfants à la terre,
Qui prend l'homme vieilli, quand ses jours sont comblés,
Comme, chaque an, la faux doit moissonner les blés;
Mais cette mort du cœur, plus lente et plus cruelle,
Qui met au front, sans cesse, une ride nouvelle,
Qui blanchit nos cheveux et creuse au fond du cœur
Un gouffre où tout s'éteint dans des flots de douleur.

Et tout serait fini quand, vaincu dans la lutte,
L'homme au cœur généreux fait la suprême chute!
Dans l'abîme tombé, n'ayant pas de soutien,
Sur le gouffre béant on n'entendrait plus rien!
Plus rien!... Lorsqu'un vaisseau, déjà loin du rivage,
Sur l'Océan sans borne est vaincu par l'orage,
A la vague en fureur n'oppose plus d'effort
Et sombre... il règne en mer un silence de mort.

Et quand, sur ce tombeau, l'aube au ciel se rallume,
Quelque pêcheur sur l'eau voit tournoyer l'écume,
Et ne sait si c'est là quelque écueil tourmenté,
Ou d'un vaisseau qui fuit le sillage argenté!...

Mais, avant de sombrer, quel bruit à la surface !
L'un occupe au soleil une bien large place;
Il montre avec orgueil son blason anobli,
Et du bruit de son nom l'univers est rempli;
L'autre, pauvre et chétif, inconnu sur la terre,
Comme il aura dû vivre, expire solitaire ..
Autour de son cercueil nul bruit ne se fera!
Et sur sa pauvreté quel ami pleurera?...
L'un jette aux quatre vents les dons de la fortune,
L'autre traîne avec peine une vie importune;
L'un ne connut jamais désirs inassouvis,
L'autre vécut toujours d'espoirs évanouis!
L'un et l'autre pourtant au dernier jour arrive...
Ainsi qu'Adamastor sur la funèbre rive,
La Mort les attendait; pêle-mêle jeté!...
Dans la nuit éternelle on s'endort à côté !

Que peux-tu dire ici, pauvre Raison humaine?
Au terrible passage est borné ton domaine;
La falaise à ses pieds voit le flot se jouer,
Et le seuil du tombeau la raison échouer.

Croyances de nos cœurs, sentiments de justice!
Raison! Raison! Faut-il que tout s'anéantisse?
Dans l'immense sépulcre à jamais confondus,
Sans prescrire jamais, nos droits seraient perdus!
Non, non! contre le mal que notre âme proteste!
L'avenir est caché... l'Espérance nous reste!

Laissons, laissons les croire à leur impunité,
Ces hommes dont la main broya l'humanité!
Mais nous pouvons sans crainte, et d'une âme sereine,
Suivre de ces méchants la lutte de l'arène.
La Justice et le Droit planent dans un ciel pur,
Dont nul orage humain ne peut ternir l'azur.

III

Au milieu des cyprès d'un vaste cimetière,
Un jour, je m'égarai; dans ce champ du repos,
Je venais réveiller le souvenir d'un père,
Et répéter ce nom à de trop sourds échos!

C'était l'heure où déjà la nature s'éveille,
Entr'ouvrant ses trésors aux brises du matin;
Sur un tertre naissait une rose vermeille,
Sur la croix un oiseau gazouillait son refrain.

Et, muet, contemplant cette étrange caresse,
Du sol, au ciel d'azur, je reportais mes yeux;
La terre soupirait un hymne de tristesse,
Lorsqu'un regard d'amour semblait tomber des cieux!

Et je me demandais, quand toute créature,
Au signal du réveil, répondait ici-bas,
Si seul, dans son tombeau, le roi de la nature,
A l'appel du grand jour, ne se lèverait pas.

Sur le saule, dont l'ombre avec amour se penche,
Abritant les tombeaux, un oiseau se posa;
* Trop lourd était l'oiseau, trop faible était la branche...
Sous le transfuge ailé le rameau se brisa.

Et lui, vers le ciel bleu, déploya ses deux ailes,
Laissant là le rameau, cet asile perdu.
Je demandais où vont nos âmes immortelles !
Petit oiseau du ciel, m'aurais-tu répondu?...

Et, pensif, je quittai l'asile solitaire,
Méditant en mon cœur sur cette vérité :
Il ne faut pas chercher le bonheur sur la terre,
Mais l'Ame est immortelle, et Dieu, c'est l'Équité!

IV

Donnons un souvenir à ces frères sans nombre
Qui dorment près de nous du suprême sommeil ;
Pensons qu'un jour aussi, plongés dans la nuit sombre,
Nous irons avec eux attendre le réveil.

Prions, prions pour tous ; car, devant la prière,
Doit comme devant Dieu régner l'Égalité !
Tout homme à qui l'on dut donner le nom de frère,
Dans ce tribut du cœur, a droit d'être compté !

Que, pauvre, il ait dû vivre, inconnu dans la foule,
Ou que, riche et puissant, son nom soit glorieux ;
Qu'ouvrier malheureux d'un monument qui croule,
De grands événements il réponde à nos yeux ;

Qu'il trace un noir sillon dans le champ qu'il féconde,
Que, pour sauver un peuple, il tranche avec le fer,
Le grand homme est toujours notre frère en ce monde
Qu'il se nomme Lincoln ou bien Abd-el-Kader !...

Nous en comptons plus d'un dans nos belles annales,
De ces hommes tombés pour le plus saint des droits !...
Mais ne rappelons pas ces époques fatales
Où saignèrent bien plus les peuples que les rois !

Frères, priez toujours et souffrez en silence !
Pour les rouvrir un jour la mort ferme nos yeux ;
Sur la nuit du tombeau rayonne l'Espérance !
Qu'on ne voile jamais cette étoile des Cieux ! ! !

L'ENFANCE

Sous le toit paternel, dans les bras d'une mère,
Entendre et répéter des paroles d'amour;
S'endormir en disant une douce prière;
Faire des rêves d'or en attendant le jour;

S'éveiller tout joyeux quand s'entr'ouvrent les roses,
Et, semblable à l'oiseau, gazouiller au réveil;
Comme le papillon, effleurer toutes choses;
Être heureux d'une fleur, d'un rayon de soleil;

Ne pas savoir pourquoi le ciel a des nuages,
Pourquoi les yeux souvent laissent tomber des pleurs,
Pourquoi les jours d'été ramènent les orages;
Lorsqu'on grandit, pourquoi l'on connaît les douleurs;

Être comme un rayon qui brille sur nos fanges;
Avoir des yeux d'azur, avoir des boucles d'or;
Faire dire aux mortels que la terre a ses anges;
Aimer Dieu tendrement sans le connaître encor...

Voilà l'Enfant... Voilà la vie à son aurore !..
En voyant le matin, on attend un beau jour.
Comme un rayon plus pur dont l'aube se colore,
Dieu mit près du berceau l'Espérance et l'Amour.

De ce livre faut-il retourner une page,
Et détacher nos yeux du tableau de l'Espoir ?
Faut-il suivre l'esquif dans les champs de l'Orage ?
Faut-il voir sur la fleur passer le vent du soir ?...

Mon Dieu ! je fus enfant et ne suis qu'un jeune homme !
Et pourtant où sont-ils ces jours si radieux,
Ces rêves enchanteurs, ces beaux jours que l'on nomme
La vie en son printemps et l'image des cieux ?...

Léonce Celcis.